KB157860

한국 희곡 명작선 76

시체들의 호흡법

한국 희곡 명작선 76

시체들의 호흡법

정범철

평민사

정범철

시체들의 호흡법

등장인물

이성찬 : 35세. 남자 배우.
안진석 : 33세. 남자 배우.
고나연 : 31세. 여자 조연출.
유시훈 : 31세. 남자 배우.
권도형 : 30세. 남자 배우.
김채경 : 28세. 여자 배우.
조승진 : 27세. 남자 배우.
한세희 : 26세. 여자 배우.
정미림 : 25세. 여자 배우.
박혜인 : 25세. 여자 배우.

때

현재

곳

대한민국, 서울

프롤로그

연습실. 싱크대. 테이블. 의자 몇 개. 탈의실.

고나연, 테이블에 노트북 펴놓고 작업 중이다. 나연, 한창 작업을
하다 어느 순간, 관객을 보고 말한다.

고나연   안녕하세요. 저는 고나연이라고 합니다. 저는 연극을 하고
있습니다. '시체들'이란 극단에 연출부로 들어가서 조연
출로 열심히 경력을 쌓고 있습니다. 극단 이름이 재밌죠?
시체들. 관객들의 혼을 빼놓겠다는 정신으로 신체를 활용
하여 무에서 유를 창조하자. 뭐 이런 의미로 저희 극단 대
표님이 지었다고 합니다. 의미가 뭐 중요하겠습니까? 열
심히 잘 하면 되죠. 극단에 들어온 지도 벌써 5년이 됐네
요. 그동안 열심히 했습니다. 조연출만 아홉 작품을 했으
니까요. 그런데! 드디어 올해, 제가 쓴 희곡으로 공연을 하
게 되었습니다. '청춘은 개뿔'이란 제목인데요. 대표님은
제가 쓴 희곡을 읽고 이렇게 말했습니다. '나연아, 잘 썼
다. 이번에 이 작품으로 공연하자.' 진짜 기절할 뻔했습니
다. 작가수업도 정식으로 받은 적 없고, 그냥 어깨너머로
희곡을 썼던 제가 작가로 데뷔를 하게 됐으니까요. 게다
가 우리나라 연극의 메카라고 불리는 대학로에서! 대표님
이 직접 연출을 하신다고 조연출도 제가 하라고 하셨습니

7

다. (좋아서 환호) 꺄아아! (갑자기 침울) 그런데 공연 3주 전, 연습이 한창이던 어느 날이었습니다. 연습실에 먼저 와서 대본을 수정하고 있었는데….

나연의 핸드폰 울린다.

1장

핸드폰 받고 통화한다.

고나연　네, 대표님. 저, 연습실이요. 왜요? 무슨 일 있으세요? (잠시 듣다가) 아, 정말요? 오늘 발표 난 거에요? 그럼 어떡해요? 극장 대관도 벌써 했잖아요. 아… 네, 알겠습니다. 그럼 먼저 연습하고 있을까요? 네, 네. 대표님, 힘내세요. 아시죠? 저희가 있습니다. 파이팅. 아, 대본이요? 수정하긴 했는데… 네, 리딩 하고 있겠습니다. 네, 다녀오세요.

전화 끊는 나연. 한숨.

고나연　아, 이러다 공연 취소되는 거 아니겠지?

나연, 한숨 쉬며 노트북 닫고 USB 뽑는데 시끌벅적한 소리가 들리고.
미림, 세희, 승진, 등장한다.

미림　(나연을 보고) 선배님, 안녕하십니까.
나연　안녕.

세희, 승진도 모두 이어서 나연에게 인사하고.

나연   그래.

승진   어? 선배님, 뭐 안 좋은 일 있으세요?

나연   아니야. 나 대본 좀 뽑아올게. 준비하고 있어.

세희   제가 갔다 올까요?

나연   됐어. 금방 와.

나연, USB들고 나가는데 시훈, 들어온다.

시훈   안녕.

미림   안녕하십니까.

승진   안녕하세요.

세희   안녕하세요.

시훈, 나가려는 나연을 보고.

시훈   대본 수정했어?

나연   대충.

시훈   어디 가?

나연   출력.

나연 퇴장하면 시훈, 후배들에게.

시훈	쟤 왜 저래?
미림	대본 수정이 잘 안 되는 거 아닐까요?
세희	그러게. 옷이나 갈아입자. 승진 오빠, 우리 먼저 갈아입을게.
승진	(탈의실 들어가려) 어? 그래.

미림과 세희, 탈이실로 들어가고 시휴, 승진에게 묻는다.

시훈	대사 다 외웠냐?
승진	아직요. 이번 주말까지 아니에요?
시훈	넌 대사 얼마나 된다고 그걸 못 외우냐?
승진	대본 또 수정할 거 같으니까 그렇죠.
시훈	연출님한테 혼나지 말고 미리 외워둬라.
승진	선배님, 사실 저 체력적으로 좀 힘들어요. 알바 끝나고 집에 가면 바로 곯아떨어진다니까요.
시훈	호프집? 그거 아직도 해?
승진	그럼요. 그거라도 해야 먹고 살죠.
시훈	끝나고 집에 가면 몇 시야?
승진	새벽 2시쯤?
시훈	아침에 일어나서 외우면 되겠네.
승진	일어나면 12시요. 밥 먹을 시간도 없어요. 지각 안 하려면.
시훈	안 자고 뭐해? 또 게임해?

승진	아니요. 그냥 자기 아까우니까… 인터넷 좀 하거나 넷플릭스 좀 보면 금방 날 밝더라고요.
시훈	아직 정신 못 차렸네. 공연 많이 남은 거 같지? 금방이다.
승진	선배님은 알바하면서 그 많은 대사 언제 다 외워요?
시훈	나 김밥집 관뒀어.
승진	진짜요? 언제요?
시훈	연습 시작하면서.
승진	왜요?
시훈	집중 안 돼서.
승진	괜찮으세요?
시훈	뭐가?
승진	월세랑 핸드폰 요금….
시훈	누나한테 빌붙었지. 우리 누나 투룸 살거든.
승진	그렇구나. 아, 좋겠다. 알바 안 해도 되고.

미림과 세희, 옷 갈아입고 나온다.

승진	미림아.
미림	어?
승진	너 커피숍 알바 지금도 하고 있지?
미림	어. 오늘도 하고 오는 길인데?
승진	우와, 진짜 그게 꿀알바다. 오전에만 딱 하고.
미림	대신 돈이 얼마 안 되잖아.

세희 (바닥에 먼지를 보고) 미림아, 청소기 한 번 돌리자.

미림 응.

승진은 탈의실로 들어가고. 시훈, 밖에서 옷 갈아입으려고 바지를 내리는데.

세희 (시훈을 보고) 선배님.

시훈 응?

세희 탈의실에서 갈아입으시면 안 돼요?

시훈 그래.

시훈은 바지를 다시 올리고 탈의실로 들어간다. 세희와 미림은 청소기를 돌리기 시작한다. 진석이 헐레벌떡 등장한다. 인사하는 세희와 미림.

진석 (시계 보더니) 세이프! (세희에게) 야, 나 안 늦었다. 조연출 어디 갔어? 증인 해줘. 네가.

세희 뭘 이런 걸 증인까지 해요 선배님 괜찮아요. 아직 다 안 왔어요.

진석 아냐. 시간을 지키는 건 나와의 약속이야.

미림 선배님, 제가 나연 선배님한테 전달할게요.

진석 오케이, 미림이밖에 없다.

미림 참, 선배님. (가방에서 빨간 스카프 꺼내며) 여기….

진석	뭐야?
미림	(수줍게) 부탁하신 소품… 제가 집에 있는 거 갖다드린다고….
진석	아! 스카프? (받으며) 땡큐! 땡큐! 연출님 보여드렸어?
미림	아니요. 아직….
진석	알았어. 내가 이따 보여드릴게. 고맙다.

진석, 스카프 받고는 미림의 머리 쓰다듬고 탈의실로 들어간다. 마침 시훈, 승진이 나오며 인사 나눈다. 설레는 미림. 세희, 미림의 그런 모습 보며 뭔가 안다는 듯.

세희	좋냐?
미림	(당황) 뭘?
세희	아니야.

세희, 청소 마무리 하고 각자 몸 풀며 연습 준비하는데 심각한 표정의 성찬이 들어온다. 모두, 자리에서 일어나 깍듯이 인사한다. "안녕하세요."

성찬	(인사도 제대로 안 받고) 복만 형 아직 안 왔냐?
승진	연출님이요? 아직 안 오셨어요.
시훈	오오! 형, 오늘 일찍 오셨네요?
성찬	(무시하고) 조연출은?

세희	대본 출력하러 갔어요.
성찬	다 모여 봐.

심상찮은 느낌에 다들 모인다. 진석이 옷을 갈아입고 나온다.

진석	(성찬을 보고) 형, 왔어요?
성찬	일루 와. 너도.
진석	(분위기 감지하고) 왜? 무슨 일인데요?
성찬	(시계 확인하더니) 뭐야? 아직 안 온 놈들은? 누구 안 왔어?
세희	도형오빠랑 채경(언니)요.
승진	혜인이도 아직 안 왔네.

모두 성찬의 눈치를 본다. 성찬, 한숨. 잠시 침묵 이어지고. 헐레벌떡 뛰어오는 도형. 이어서 쫓아오는 채경.

도형	죄송합니다. 5분 늦었습니다.
채경	죄송합니다.

모두 말이 없고 도형, 탈의실로 가려는데 진석, 손짓으로 그냥 앉으라고 사인 보내고 눈치 보며 모여 앉는 도형과 채경. 그때, 출력한 대본 들고 들어오는 나연.

나연	뭐야? 분위기 왜 이래요?

성찬	앉아 봐. (나연, 자리에 앉으면) 너 몰라?
나연	뭘요?
성찬	지원사업 발표난 거.
나연	아.
성찬	알아?
나연	알아요.
성찬	복만 형도 알아?
나연	대표님도 아세요. 좀 전에 통화했어요.
성찬	어쩔 거래?
진석	뭐야? 지원사업 떨어졌어?
나연	네.
시훈	헐.
진석	확실히 될 거라며? 대표님이 걱정 말라고 했잖아.
나연	대표님도 충격이 크신가 봐요.
성찬	지금 어디 있어? 복만 형.
나연	대출 알아보신다고… 은행에….
시훈	미치겠네.
성찬	공모 얼마짜리였지?
나연	2천만 원 정도요.
성찬	그 돈을 대출받는다고?
진석	어떡하나? 극장도 다 잡아놨는데.
성찬	내가 전화해볼게.

성찬, 핸드폰 꺼내어 번호 누르기 시작한다.

시훈   박혜인 뭐야? 막내가 아직도 안 온 거야?

승진   미림아, 전화해봐.

미림   네.

나연   하지 마. 나한테 아까 카톡 왔어.

시훈   왜 늦는대?

나연   알바. 교대자가 늦게 온다고.

시훈   걔 무슨 알바 하지?

세희   베스킨라빈스요.

침묵.

승진   대신 아이스크림 좀 싸오라고 할까요?

진석   야.

분위기 심각. 성찬, 전화 안 받는지 다시 집어넣고.

성찬   안 받네.

나연   먼저 리딩 하라고 하셨어요. 늦게라도 오신다고.

성찬   야, 지금 리딩이 중요해? 공연이 엎어질지도 모르는데?

시훈   3주밖에 안 남았는데 엎어진다고요?

도형   아, 진짜… 어제 포스터 붙이고 전단 다 뿌렸는데.

채경	인터파크 티켓 예매도 오픈했어요.
성찬	인터파크는 취소하고 닫으면 그만이지. 몇 명 되지도 않는 거 환불해주고. 어차피 예약자 대부분 지인이잖아.
세희	카페 프로모션도 있어요. 벌써 예약자 다 받았는데.
성찬	불가피한 사정으로 취소됐다고 해야지.
승진	전 부모님이랑 친척들 다 보러온다고 했는데….

대꾸 없이 바라보는 성찬. 눈치 주는 미림. 무안한 승진.

진석	지금이라도 극장을 싼 데로 옮겨서 하면 안 되나?
채경	맞아요. 극장 대관료만 천만 원이라면서요? 제작비 절반이잖아요.
시훈	2주 공연하는데 천만 원… 진짜 비싸긴 하지.
승진	전 찬성이요. 우리 그냥 다른 데로 옮겨서 하면 안 돼요?
채경	좀 작은 극장은 2주 대관하면 삼, 사백인데. 진짜 너무 차이난다.
성찬	이미 다 홍보 나갔다고. 위약금도 물어야 되고.
진석	위약금 좀 물고 홍보 나간 거 다 정정하고 연락 다시 돌리고 하면 되죠. 그렇게라도 하는 게 낫죠. 난 취소는 아니라고 생각해요.
성찬	복만 형은 왜 이렇게 비싼 데를 잡은 거야?
나연	좀 좋은 데서 하자고 선배님이 그랬잖아요. 총회 때. 다들 동의하지 않았나? 맨날 60석, 70석짜리 열악한 극장보다

로비도 있고 200석 짜리 좀 큰 데서 하자고. 그래서 대표님이 큰 맘 먹고 잡은 거잖아요. 좋은 극장은 일 년 전에 대관 다 차버리니까 작년에 미리 계약한 거고.

침묵.

성찬 지원사업 당연히 선정될 줄 알았지.

시훈 아니, 근데 너무하네. 우리 왜 떨어진 거예요? 우리 극단, 올해 몇 년차지? 5년차?

채경 6년차요.

시훈 그래 6년차. 6년 동안 창작극 10편 정도 했나?

나연 12작품.

시훈 그래? 그래. 12작품. 1년에 2작품 이상 꾸준히 했잖아. 젊은 극단 중에 이렇게 열심히 하는 극단 난 대학로에 별로 없다고 생각해. 도대체 어떻게 해야 지원금 받는 거야?

채경 제 친구네 극단은 4년밖에 안됐는데 올해 창작산실 선정돼서 아르코 소극장에서 공연하던데.

진석 작품 많이 했다고 지원금 주는 게 아니니까 그렇지.

도형 잘 만들어야 뽑아주죠.

시훈 야, 권도형.

도형 어?

시훈 그럼 우린 잘 못 만든다는 거야 뭐야?

도형 아니, 그게 아니라… 심사위원들이 좋게 평가를 해야 뽑아준다 뭐 이런 말이지.

시훈 좋은 평가의 기준이 뭔데?

도형 사실 우리 극단 작품은 좀 가볍잖아.

시훈 뭐가 그렇게 가볍니?

채경 선배, 왜 그래요?

도형 아니, 내 말은… 우리 극단 작품은 대중적인 코드가 강하
니까… 좋고 나쁘고의 문제가 아니라, 심사위원들은 예술
성을 따지니까 거기서 다른 극단들한테 밀리는 거 아니냐
이거야.

시훈 그럼 처음부터 그런 극단에 들어가지 왜 여기 들어왔어?

도형 지금 그 말이 아니잖아. 유치하게 왜 그래?

시훈 뭐?

도형 평론가들이 대부분 심사를 하니까 대중이 아닌 그들의 관
점에서 작품을 봤을 때 부족해 보일 수 있다 이 말이지.

시훈 그러니까 우린 부족하다는 거잖아.

도형 이해를 못하네.

시훈 야, 권도형.

도형 그냥 내 생각을 얘기한 거야. 우리 극단이 문제라는 게 아
니고….

성찬 야!

침묵.

성찬　너네 지금 뭐하냐?

침묵.

나연　제가 작품을 잘 못 썼나 봐요. 그래서 떨어진 거 같아요.
성찬　넌 또 왜 그러냐?
나연　진짜예요. 전 그렇게 생각해요. 대표님이 쓰신 걸로 신청했으면 아마 됐을 거예요.
진석　아냐. 공모란 게 뽑힐 때도 있고 떨어질 때도 있고 뭐 그런거지. 그런 말 못 들어봤어? 사람이 주는 상은 기대하는거 아니라고. 승진아, 들어봤지?
승진　예? 아니요. 저는 처음….
진석　그래? 다들 처음 듣니?

다들 말이 없거나 고개 젓고.

미림　전 들어봤습니다.
진석　그래, 미림아. 역시 미림이가 귀가 밝네.
시훈　예? 그게 무슨 말이에요?
채경　그게 그 얘기가 아닌 것 같은….
진석　(말 자르고) 아무튼 모두 내 말 들어봐. 우리가 뭐 지금까지 지원금 못 받아서 연극 못 했냐? 없으면 없는 대로 하면 되지. 성찬이형, 연출님 오시면 그렇게 하자고 하죠. 극장을 좀 저렴한 극장으로 옮기든가 정 없으면 연습실에서 하죠. 뭐.

시훈　난 연습실 반대.

채경　저도요. 연습실에서 또 하느니 그냥 접는 게 좋다고 봅니다.

도형　저도요. 연습실은 싫어요.

나연　왜? 연습실에선 많이 해봐서?

침묵.

진석　그러면 조금씩 걷을까?

성찬　얼마씩?

진석　뭐… 극장 대관료에 따라….

나연　다들 알바하면서 생활비 벌기도 빠듯한데 어떻게 걷어요? 그리고 올해 들어온 후배들은 무슨 죄에요.

진석　후배들 빼고 걷으면 되지.

성찬　그러니까 얼마씩 걷냐고.

진석　몰라요. 그냥 뭐 낼 수 있는 만큼….

성찬　됐어. 이번 공연 그냥 엎자. 내가 복만 형한테 말할게. 어쩌면 복만 형도 그렇게 하는 게 좋다고 생각할 거야. 먼저 말 꺼내기 힘들어서 주저할 수도 있고. 이번 아니면 하반기에 다시 기회 봐서 올리면 되지. 다른 지원사업 또 알아보고. 연수단원들, 너희는 어떻게 생각해? 너희도 얘기 좀 해 봐.

승진, 세희, 미림… 셋은 말이 없다. 그때, 혜인이 들어온다.

혜인 (여기저기 꾸벅) 죄송합니다. 죄송합니다. 교대근무자가 늦게
와서… 죄송합니다.

성찬 됐어. 앉아.

혜인 네.

혜인, 미림한테 무슨 분위기인지 눈짓하고 미림은 그냥 조용히
있으라는 듯 눈짓.

성찬 연수단원들, 어떻게 생각해?

미림 저는 어디서 하든 공연을 했으면 합니다.

승진 저도요.

세희 저는 선배님들 결정에 따르겠습니다.

혜인 저는 지금 무슨 상황인지 잘 몰라서….

성찬 혜인이는 나중에 동기들한테 듣고.

혜인 넵.

성찬 내 생각엔 복만 형 오기 전에 우리 의견을 하나로 모아서
전달해야 한다고 생각해. 우리 초창기에 지원금 한 푼 없
이 공연할 때 복만 형이 대표란 이유로 혼자서 제작비 다
감당했잖아. 4년차 되면서 겨우 지원금 받기 시작하고 서

울연극제에서 운 좋게 상도 받으면서 올해도 지원금 선정될 줄 알았던 건데… 이렇게 된 이상, 또 복만 형 개인사비로 할 순 없다고 봐. 어때?

아무도 대답이 없고. 그때 나연의 전화가 울린다.

나연　(받고) 네, 대표님. 네. 네? 아, 잠시만요. (성찬에게) 대표님이 오늘은 연습 끝내고 해산하라고 하시는데요?

성찬　왜?

나연　오늘은 못 오실 것 같다고….

성찬　전화 줘봐.

성찬이 나연의 전화를 전달받고 통화하면서 밖으로 나간다. 걱정스러운 표정의 사람들. 나연, 출력해온 대본을 나눠준다.

나연　일단 이거 나눠줄게. 수정된 부분인데 받으세요.

모두 나연에게 대본 나눠 받는다.

채경　(도형에게) 선배, 왜 그래요?

도형　아냐.

진석　도형아, 음. 그래 네가 무슨 말인지 이 형도 알겠는데….

도형　죄송합니다. (시훈에게) 시훈 형, 미안해.

시훈	그래, 나도 좀 흥분했다.
성찬	(통화하다가) 나연아, 오늘은 그냥 끝내라. (계속 이어서 통화하며 퇴장)
나연	네. (모두에게) 여러분! 오늘은 연습 끝낼게요. 수정된 대본, 각자 읽어보는 걸로 하고 내일 모이겠습니다.
모두	네.
나연	지각하지 말고!

모두 다시 정리하기 시작한다.

시훈	채경아.
채경	네. 선배님.
시훈	너 야채곱창 좋아해?
채경	곱창이요? 저 완전 좋아하죠. 소주 한잔 먹고 캬! 최고죠.
시훈	야채곱창 새로 뚫은 데 있는데 같이 갈래? 내가 쏠게.
채경	대박! 지금요?
시훈	응. 기분도 꿀꿀한데 시간되는 사람들끼리 가지 뭐.
도형	채경아, 너 오늘 집에 일 있다며?
채경	(도형의 말에 그제야) 아, 어쩌죠? 생각해보니까… 제가 오늘 집에 일이 있네요. 아이쿠.
시훈	그래? 그럼 뭐… 담에 먹으면 되지.
채경	혜인이랑 나연 언니한테 물어보세요.
시훈	됐어. 내일 봐.

도형　　왜 저한텐 안 물어봐요?

시훈　　넌 짜샤… 술 안 마시잖아.

채경　　죄송해요. 먼저 가보겠습니다.

도형　　나도 갈게 형.

시훈　　그래, 가라.

채경, 퇴장하고 도형 따라서 퇴장한다.

시훈　　나연아.

나연　　난 야채곱창 싫어.

시훈　　그게 아니라….

나연　　뭔데.

시훈　　쟤들 요즘 너무 붙어 다니지 않냐?

나연　　친하면 그럴 수도 있지. (정리하며) 혜인아, 너 자꾸 늦네. 습관 되면 곤란하다.

혜인　　죄송합니다.

나연　　너 이번 작품 대학로 입봉이라며.

혜인　　네. 맞아요. 선배님도 작가 입봉이시잖아요.

나연　　그렇지. 그런데 내가 하고 싶은 말은! 막내가 이렇게 자꾸 지각하면 안 되죠?

혜인　　네, 선배님. 주의하겠습니다.

나연　　그래.

시훈　　나연아, 그럼 편의점에서 캔맥주 어때?

나연   그러시든가.

혜인, 관객을 향해 말한다.

혜인   안녕하세요. 신입단원 박혜인입니다. 연습시간에 또 늦었
어요. 알바를 관두든지 해야 할 것 같아요. 그런데 월세랑
생활비 벌어야 하니까… 비싼 대학등록금, 부모님이 다
내주셨는데 졸업까지 하고 또 손 벌릴 수는 없잖아요. 그
래, 난 아직 스물다섯밖에 안된 젊은 청춘이니까! 아프니
까 청춘이다!

나연   (대본 표지 읽으며) 청춘은 개뿔!

혜인   네?

나연   우리 이번 공연 제목. 괜찮지?

혜인   네.

나연   나 먼저 간다. (나가며) 아무리 생각해도 제목 잘 지었단 말
이야.

혜인   안녕히 가세요. (다시 관객에게) 저는 광주가 고향입니다. 엄
마가 시장에서 건어물 하시면서 저를 키우셨어요. 저희
집이 풍족한 편이 아니거든요. 그래서 한예종을 꼭 들어
가고 싶었는데… 한예종은 국립이라 등록금도 싸고 현장
에서 활동 중인 유명한 선배도 많고 아무튼 소수정예니
까. 그런데 역시 어렵더라구요. 경쟁률 장난 아니고… 재
수, 삼수 계속 떨어지고 이러다 나이만 먹을 것 같아서 할

수 없이 지방에 모 대학 예술대를 졸업했습니다. 3년제요. 졸업하고 극단에 합격해서 서울에서 자취를 하겠다고 했을 때 엄마가 그러셨어요. 혜인아, 알지? 엄마는 혜인이 항상 응원한다. 아프거나 힘들면 꼭 전화해. 잘 될 거야. (엄마 생각난 듯 울먹이며) 힝. 엄마, 걱정 마. 나 잘할게.

혜인이 말하는 동안, 모두 퇴장하고 세희만 남았다.

세희 혜인아. 뭐해?
혜인 응?
세희 불 끄게 나와.
혜인 응!

혜인, 서둘러 퇴장하고 세희가 불을 끄려다가 관객을 보고 말한다.

세희 헤헷. (예쁜 척) 전 한세희라고 하는데요. 음, 전 수원에 살아요. 뭐 그냥… 집은 좀 살아요. 아버지가 건물주거든요. 뭐 대단한 건 아니고 지방에 5층짜리 작은 거. 사실 제 명의로 된 집도 있어요. 부모님이 부동산 투자를 좀 하시는데 뭐 그건 됐고. 어릴 때부터 연예인이 꿈이었어요. 그래서 고등학교 때부터 기획사에 들어가서 아이돌 연습생 생활도 하고 그랬는데… 제가 노래랑 춤이 좀 되거든요. 진짠데. 보여드려요?

미림, 들어온다.

미림   언니.

세희   (깜짝) 응?

미림   (뒷덜미 잡고) 가자.

세희   응. 제 얘긴 또 나중에. 호호.

세희, 미림에게 끌려가듯 퇴장하고 연습실 불 끄면서 암전.

2장

공원 벤치.
채경과 도형이 앉아 있다.

도형   맞아.

채경   아니야.

도형   맞다니까.

채경   아니라니까.

도형   맞다고.

채경   아니라고.

도형   남자는 남자가 알아. 시훈이 형, 너 좋아하는 거 맞아. 딱 보면 몰라? 너도 알잖아. 알면서 내가 신경 쓸까봐 모르는 척하는 거지?

채경   ….

도형   말해 봐. 아냐?

채경   그래, 오케이. 맞다고 치자. 내가 아니면 되는 거 아냐? 난 시훈 오빠 그냥 극단 선배로만 생각해. 아무 감정 없다고.

도형   그건 모르는 거야. 감정은 변할 수도 있잖아. 지금 네 마음이 그렇다고 앞으로 계속 그러란 법 있어?

채경   내가 이래서 극단에서 연애 안 할라고 한 거야. 맨날 보는 사람들끼리 신경 쓰고 불편해지는 거 정말 싫다고.

도형 채경아, 난 시훈이 형한테 네가 좀… 분명하게 했으면 좋 겠어.

채경 뭘?

도형 여지를 주지 말라고.

채경 (가볍게) 헤어질래?

도형 아니.

채경 내가 무슨 여지를 줬는데?

도형 아까 야채곱창 사준다니까 뭐? (흉내) 완전 좋아하죠. 소주 한잔 캬! (한숨) 그런 식으로 자꾸 받아주지 말라고.

채경 아니, 선배가 맛있는 야채곱창을 사준다는데 좀 먹을 수 도 있는 거지. 무슨 고백을 한 것도 아니고 그럼 뭐… 선배 님, 왜 이러시죠? 왜 저한테 맛있는 야채곱창을 사주시는 거죠? 제가 제일 좋아하는 건 어떻게 아셔가지고! 흥, 이 런다고 제가 넘어갈 거 같아요? 뭐 이럴까?

도형 김채경, 장난치지 말고. 난 시훈이 형이 너한테 그러는 게 싫어서 그래. 널 바라보는 눈빛도 싫고, 말투, 행동… 다 싫다고.

채경 또 이런다. 오빠, 내가 좋아하는 사람은 여기 지금 내 앞에 있는 권도형! 자기뿐이야. 시훈 선배 신경 쓸 필요 하나도 없어. 응? 아직도 모르겠어?

도형 알아. 안다고.

채경 근데 왜 그래. 불안해? 내가 막 갑자기 도망갈 거 같아?

도형	남자친구 있다고 해.
채경	뭐?
도형	시훈이 형한테 남자친구 있다고 하라고.
채경	싫어. 그럼 누구냐고 물어볼 거 뻔한데… 괜히 둘러대고 거짓말하기 싫어.
도형	좋아. 그럼 우리 그냥 까자.
채경	뭘 까. 사귄다고?
도형	어. 대표님한테도 말하고 극단 선배, 후배들한테도 다 말하자.
채경	안 돼. 절대 싫어.
도형	왜?
채경	오빠, 나 우리 극단 좋아. 이 극단에서 잘하고 싶다고.
도형	잘하면 되지. 그거 깐다고 뭐 못해?
채경	몰라. 싫어. 그리고 대표님이 커플 생겨도 6개월 전에는 말하지 말랬잖아. 우리 100일 막 지났어.
도형	그거야 단원들끼리 쉽게 사귀다 헤어지고 뭐 그러지 말라고 그냥 하는 말이지. 사귄다는데 뭐 어쩔 거야. 연애금지는 아니잖아.
채경	불편한 거 싫어. 우리만 불편한 게 아니라 사람들도 우리 눈치보고 신경 쓰고… 만약 헤어지기라도 하면? 싫어.
도형	안 헤어지면 되지.
채경	참네, 연애 처음 하세요? 그게 그렇게 맘대로 되셨나 봐요?

도형	나 너랑 결혼까지 생각하고 있어.
채경	헉.
도형	진짜야. 너 내가 지금….
채경	스탑.
도형	왜?
채경	이거 프로포즈 아니지?
도형	뭔 소리야
채경	됐어. 3개월 사귀고 결혼 얘기 하는 건 아닌 것 같아.
도형	(한숨) 하아, 알았어. 답답해서 그래.
채경	그리고….
도형	또 뭐.
채경	아니야.
도형	뭐야. 말해.
채경	음… 난 배우랑 결혼 안 할 거야.
도형	(어이없고) 왜?
채경	내가 배우 할 거니까.
도형	그게 뭐? 네가 배우 하는 게 뭐?
채경	됐어. 그만 얘기해.
도형	잠깐만. 그럼 나랑 연애는 해도 결혼은 안 하겠다?
채경	그래서 내가 처음에 안 사귄다고 했잖아.
도형	경제적인 거 땜에 그래?
채경	응. 둘 다 배우하면 힘들어.
도형	내가 돈 벌면 되잖아.

채경 됐어. 아, 배고프다. 밥 먹으러 가자. 아님 술이나 먹던가.

채경, 휙 일어나 퇴장한다.

도형 야, 나 아직 얘기 안 끝났어. 김채경! (관객을 향해) 아, 어떡하면 좋을까요? 제 나이 서른. 극단 시체들에 들어온 지 3년 지났고 그동안 연극 몇 작품, 영화, 드라마 단역 조금 했습니다. 집에선 결혼 얘기가 슬슬 나오고 있습니다. 아버지가 공무원이신데 퇴직이 얼마 안 남으셨거든요. 퇴직하기 전에 하나뿐인 아들놈 결혼했으면 하시는 거죠. 1년 연애하고 내년에 결혼했으면 하는데 쉽지가 않네요. 네, 제가 채경이를 아주 많이 좋아합니다. 저도 연애 몇 번 해 봤는데, 결심했거든요. 제가 배우 하는 걸 좋아해주고 응원해주는 여자랑 결혼하겠다고. 채경이가 그런 여자거든요. 게다가 예쁘잖아요. 경제적인 문제! 그렇습니다. 채경이 마음 이해하죠. 연극? 먹고 살기 힘든 거 맞습니다. 하지만 전 자신 있거든요. 가끔 기업극도 하고, 아는 선배가 이벤트 회사에서 일도 가끔 주고… 정 안 되면 노가다라도 하면 되죠. 젊은데 뭐든 못하겠습니까.

밖에서 채경의 소리.

채경 오빠, 안 오고 뭐해!

도형   갈게! 전 채경이한테 가봐야겠네요.

도형, 퇴장한다.

3장

편의점 앞, 간이 테이블. 시훈, 나연이 캔맥주를 마시고 있다. 이미 다 먹은 맥주 캔 몇 개가 놓여있다.

시훈 채경이가 그 역할을 해야 한다고 생각해. 나는.

나연 무슨 역할?

시훈 내 상대역. 생각해봐. 키도 나랑 제일 잘 맞고 캐릭터도 밝고 잘 어울리잖아.

나연 웃겨. 채경이만 밝아? 우리 애들 다 밝아. 미림이, 혜인이, 세희….

시훈 세희는 생각 없이 밝지.

나연 그럼 네가 대표님한테 말해. 왜 나한테 난리야?

시훈 네가 작가 겸 조연출이니까. 그리고 대표님, 너 예뻐하시잖아. 네가 말하면 들으실 거야. 어차피 채경이랑 미림이랑 비중도 비슷하고… 맞다. 아직 대본 수정중이고! 아씨, 진짜 말해보라고. 동기 좋다는 게 뭐냐? 하나뿐인 동기 부탁 좀 들어줘.

나연 됐어. 벌써 캐스팅 다 끝났는데 이제 와서 뭘 바꿔. 3주 남았는데!

시훈 아유, 진짜 답답하다. 넌 연출하겠다는 애가 그렇게 캐릭터 보는 눈이 없어서 어떡하냐? 그런 말 몰라? 연출의 반이 캐스팅이다.

나연 (뭔가 안다는 듯 쳐다보며) 쯧쯧. 인간아.

시훈 왜? 왜 그렇게 쳐다봐?

나연 솔직히 말해.

시훈 뭘?

나연 너 채경이 좋아하지?

시훈 (당황스럽지만 티내지 않고) 참네.

나연 맞지?

시훈 아니거든.

나연 내 눈 봐봐.

시훈 됐어. 보긴 뭘 봐.

나연 봐봐.

시훈 아, 됐다고.

나연 어? 못 보네. 못 봐. 좋아하네. 좋아해.

시훈 웃기시네. 진짜.

성찬, 맥주 캔 몇 개랑 과자 들고 나온다.

시훈 와! 선배님, 감사합니다. 잘 마실게요.

성찬 (한 캔 따서 벌컥 벌컥 마시더니) 목이 탄다. 목이 타.

나연 너무 걱정 마세요. 대표님이 극장 알아보시기로 했잖아요.

시훈 맞아요. 극장만 옮기면 제작비 큰 문제없다고 하셨는데.
         힘내세요.

성찬 그게 아니고… 나 사실… 아, 난감하네.

나연 왜요?

시훈 뭔데요?

성찬 나 영화 캐스팅 들어왔거든.

시훈 오! 무슨 영화요? 상업 영화?

성찬 봉찬욱 감독 영환데….

시훈 예? 봉찬욱이요? 무뇌충, 봉찬욱?

성찬 응. 맞아.

시훈 우와, 우와! 해야지. 무조건 해야지!

성찬 이번에 신작인데 주인공 왼팔 부하래.

시훈 왼팔? 오른팔 아니고요?

성찬 몰라, 넘버 투 아니면 쓰리겠지.

시훈 아무튼! 근데요? 뭐가 문제에요? 하면 되죠.

성찬 그게… 아, 돌겠네.

나연 공연이랑 겹쳐요?

시훈 엑! 진짜요?

성찬 응. 촬영스케줄이.

시훈 오 마이 갓드!

성찬 주말까지 말해 달래.

시훈 와우… 스케줄 조정 안 된대요? 하긴 넘버 투, 쓰리 정도 면 안 되겠지?

성찬 스케줄 안 된다고 하면 아마 다른 배우 섭외할 걸.

시훈 오, 지저스 크라이스트! 맙소사! 이건 재앙이야.

나연 그래서 그러셨구나. 대표님이 걱정 돼서 그러신 게 아니었네요. 공연 취소하자고 한 거.

성찬 복만 형 걱정 되는 것도 사실이고, 복합적으로 그런 거지. 넌 또 말을 꼭….

나연 그런데 지금 대표님이 극장 옮겨서 공연 강행하겠다고 하니까 걱정되는 거잖아요. 그 기회 날아갈까 봐. 맞죠? 아니에요?

성찬 (한숨)

나연 선배님, 아무리 좋은 기회라도 이건 아니죠.

시훈 나연아, 그건 아니지. 배우한테 이런 기회가 자주 오는 것도 아니고… 봉찬욱이래잖아.

나연 봉찬욱이든 박준호든! 성찬 선배님, 저도 알아요. 좋은 기회라는 거, 하지만 우린 같이 고생한 극단이고 후배 단원들도 극단 들어와서 함께 하는 첫 작품인데… 지난주에만 말했어도 괜찮다고 했을 거예요. 그런데 3주 전이고 말이 3주지, 지금 초연이라 대사도 아직 수정중이라 지금까지 한 거 다시 대타 구해서 맞춘다고 해도… 다른 배우들은요?

성찬 아직 수정중이니까 말하는 거지. 대사 픽스 되기 전이니까.

진석, 등장한다.

진석   무슨 일이야? (성찬에게) 형, 왜 그래요?

다들 침묵. 진석, 시훈에게 묻는다.

진석   (시훈에게) 시훈, 말해봐. 뭐야?

시훈   아, 그게… 성찬이형 영화캐스팅 돼서 이번 공연 같이 못
하신다고….

진석   뭐? 형.

성찬, 가방을 챙겨서 가려는 듯.

성찬   먼저 갈게. 주말까지 고민 좀 해볼게. 복만 형한테는 아직
말하지 마.

시훈   내일… 연습 오시죠?

성찬   응.

성찬, 퇴장하려다 다시 들어와 자기가 먹던 맥주 캔을 가져간다.

진석   형!

털썩 앉는 진석. 시훈이 먹던 맥주를 벌컥 벌컥 마신다.

시훈   그거 제 꺼….

진석 너무하네.

시훈 네?

테이블 꽝 내려치는 진석. 깜짝 놀라는 시훈.

진석 한 팀이 뭐야? 한 극단이 뭐냐고! 식구 아냐? 함께 웃고! 함께 땀 흘리고! 함께 나누고! (손에 들고 있던 캔을 보고) 아, 이거 네 꺼지? (내밀며) 자.

시훈 괜찮아요. 형, 드세요.

진석 왜?

시훈 함께 나눠요.

진석 뭔 소리야?

시훈 (도리도리)

진석 나연아, 그래. 네가 화낼 만해. 인정.

나연 아니에요. 성찬 선배한테 제가 말은 그렇게 했지만… 왜 그 마음 모르겠어요. 연극은 한 달 연습, 한 달 공연해도 100만 원 받을까 말까하는데 영화는 하루 찍고 백, 이백. 단역이 그 정돈데 성찬 선배 정도 되면 몇 천 받을 거 아니에요.

시훈 게다가 감독이 봉찬욱. 허허, 세계적인 거장, 봉찬욱 감독의 차기작을 전 세계인이 기다리고 있거든. 이런 기회가 또 온다는 보장 없지. 이거 참. 나라면 2주 전이 아니라 당장 내일이 공연이라고 해도 빼고 싶….

나연   (노려보며) 야.

시훈   …겠지만 그럴 순 없지. 그럼! 의리가 있지. 성찬이형 진짜 너무하네.

진석   그래서 더블 하는 거 아냐. 매체 같이 하는 배우들은.

시훈   스케줄 조정이나 양해가 되니까 그게 좋긴 하죠.

나연   (발끈) 그럼 연극은 앞으로 다 더블 캐스팅해야 하는 거예요? 기회도 잡고 연극도 하고 다 하려면 그래야 되겠네요?

시훈   선택의 문제지. 왜 또 발끈하고 그래. 너 요즘 자주 그런다.

진석   그래야 된단 말이 아니고 배우 입장에선 그게 기회도 잡고 양쪽에 피해도 안 주고… 현실적으로 현명한 방법이다 그거지.

나연   그럼 2주나 한 달 하는 공연도 다 더블 캐스팅해야 하나? 아니, 제작자들 욕할 거 없어. 스케줄 다 조정해주고 그런 거 다 감안하면서 캐스팅 하는 거 아냐. 그런데 뭐에요? 맨날 제작사만 욕하잖아. 제작사람시고 하도 사기 치는 인간들이 많아서 그렇지 손해 보면서 힘들게 하는 극단, 제작사들 얼마나 많은데요.

침묵.

나연   죄송해요… 화내서….

진석   아니야, 괜찮아 이해해. 그런 말 들어봤냐? 우리나라 영화
         계는 연극계에 큰 빚을 지고 있다. 들어봤지?

시훈   형은 그런 말들을 어디서 듣는 거예요?

진석   들은 적 있어 없어?

시훈   없어요. 전 귀가 어둡습니다.

진석   으이그, 아직 멀었다. 멀었어. 이게 뭔 말이냐면, 우리나라
         에 이름만 밀하면 다 아는 배우들… 무명시절에 힘들게
         연극하면서 성장한 스타들 많잖아. 그렇게 잘 돼서 영화,
         드라마 하면서 한류문화 확산에 큰 역할을 했다 이거지.
         그런데 박수는 영화, 드라마가 다 받는다 이거지.

시훈   그렇죠. 이름만 말하면 아는 배우들 다 연극했잖아요. 송
         강호, 최민식, 김윤석, 황정민….

진석   설경구, 박해일, 유해진… 맞다. 너 예술인 증명 했냐?

시훈   작년에 했죠. 예술인 복지재단.

진석   오, 그래?

나연   쟤 지난달에 창작지원금도 받았어요.

진석   진짜? 300 받았어?

시훈   그럼요. 하하하.

진석   그럼 여기서 이러지 말고 2차 가자.

진석, 자리 정리하고 일어나려고 한다.

시훈   (붙잡으며) 아, 그거 얼마나 된다고.

진석   잠깐만. 그럼 서울연극협회는? 가입했어?

시훈   협회요? 아니요. 근데 그거 가입 꼭 해야 돼요?

진석   하라니까.

시훈   난 솔직히 진짜 모르겠어. 협회 가입하면 뭐가 좋아요?

진석   야, 너 배우 평생 할 거라며?

시훈   그렇죠. 연극도 하고 매체도 하고. 근데 갑자기 협회 얘기
는 왜….

진석   아무튼 연극 평생 할 거면 협회 가입해서 연극인으로 딱!
응? 인정받고 떳떳하게! 뭐, 그런 거지.

시훈   뭐야. 인정받으면 뭐가 좋은데요?

진석   여러 가지 혜택이 있어. 지원사업 신청이라든지, 복지혜
택 같은 거. 잘 모르니까 못 받는 거지. 그리고 서울연극제
참가하려면 필요하잖아. 참가인원 중에 협회원 50% 이상
돼야 참가할 수 있다고.

나연   그냥 간단하게 이렇게 생각하면 돼. 우린 대학로라는 연
극 동네에 살고 있는데 이 동네가 잘돼야 우리도 연극 잘
할 수 있잖아? 협회나 복지재단, 공공기관들처럼 이 연극
동네를 위해 정책을 펼치는 그런 곳들이 열심히 잘 하라
고 가입하고 협조하면서 혜택도 받는 거야.

진석   (박수) 나연이가 나보다 낫다. 좋아.

시훈   한 잔 하시죠.

진석   그러자.

세 사람, 건배한다.

진석   (관객을 향해) 네, 그렇습니다. 저는 대학로에서 연극을 한 지 어느덧 7년이 지났습니다. 시체들 창단 멤버에요, 제가. 허허허. 예대 연극과를 졸업하고 현장에 나와서 연극 몇 편 하고 있는데 어느 날, 학교 선배인 복만 형이 연락이 왔죠. 야, 극단 만들 건데 같이 하자. 그게 시체들의 시작이었죠. 참, 우여곡절 많았습니다. 맨땅에 헤딩하는 마음으로 젊은 배우들 몇몇이 모였는데… 그 나이 때에 저같이 연기 하는 사람은 아무도 없었어요. 제가 최고였어요.

조명, 어두워지기 시작한다.

진석   어라? 잠시만요? 저기요?

완전히 암전되었다.
어둠 속에서 잠시 침묵.

진석   (소리) 지금 조명사고 난 거 맞지?
시훈   (소리) 그런가?
나연   (소리) 다음 장면 준비하죠.
진석   (소리) 뭐야. 나 대사 좀 남았는데….

나연   (소리) 음악 주세요.

음악소리 들리고 퇴장.

4장

연습실. 한창 〈청춘은 개뿔〉 연습중이다. 큐빅이 여기저기 쌓여있다. 연출 테이블에서 고나연이 연습을 보고 있다. 극중극 장면. 시간적 배경은 미래. 공간은 허름한 지하 어느 창고. 도형, 승진, 세희, 미림, 헤인이 널브러져 있다. 허기지고 지친 모습이다. 진석, 시훈, 채경은 바깥쪽에 빠져서 연습을 보고 있다. 성찬은 보이지 않는다. 도형은 한쪽 팔에 깁스를 한 채, 구석에 기대고 앉아서 술을 마시고 있다.

승진은 나무를 깎으며 뾰족하게 만들고 있다. 세희는 미쳐버린 듯, 큐빅에 앉아 노래를 흥얼거리고 있다. 미림은 쓰러져 자고 있다. 헤인은 한 쪽 눈에 안대를 한 채로 책을 읽고 있다.

승진 (한참 나무를 깎다가 세희의 노래에 참다못해) 그 노래 좀 그만 부를 수 없어?

세희는 대꾸 없이 계속 노래를 흥얼거린다.

승진 (세희에게) 야, 내 말 안 들려? 듣기 싫다고!

세희, 더 크게 부른다.

승진   (벌떡 일어나며) 저 년이… 진짜 죽을라고!

승진, 일어나 절뚝거리며 혜인에게 가는데.

혜인   그냥 놔둬. 참기 힘들면 네가 나가든가.
승진   넌 닥치고 책이나 읽어.
혜인   (버럭) 우리 언니한테 손끝 하나만 대봐! 네 한쪽 다리마저
        부러뜨려줄 테니까. 평생 기어 다니고 싶으면 어디 마음
        대로 해보라고. 이 절뚝이 새끼야.
승진   (기가 찬다는 듯) 너 절뚝이라고 하지 말라 그랬지!
미림   왜 또 지랄들이야!

혜인에게 다가가다 멈칫하는 승진.

미림   대장이 한 말 벌써 잊었어? 소란피우는 것들은 싹 다 밖
        으로 쫓아내겠다고 한 말? 살고 싶으면 쥐 죽은 듯이 납
        작 엎드리고 있으라고. 대장이 구해다주는 식량이나 얻어
        먹는 절름발이랑 애꾸 주제에… 혼자서 하루도 못 버티는
        것들이.
승진   와 진짜… 내가 한참 어린년한테 이런 소리나 듣고… (미림
        에게) 야, 싸가지. 넌 예의를 어디다 갖다 팔아먹었냐? 아무
        리 싸가지 없다고 해도 이건 진짜… 너 몇 살이야?
미림   알아서 뭐하게?

승진   진짜 궁금해서 그래. 응? 스무 살은 넘었냐? 딱 봐도 내가
     10살은 많아 보이잖아.

미림   나이 많이 처먹어서 좋겠다. 이 꼰대새끼야.

승진   (기가 차고) 허허.

세희   호호호호호. 빌어먹을 나이 따위 이제 무슨 소용이람? 늙
     은 놈이나 젊은 놈이나 부자나 가난뱅이나 다 부질없어.
     전염병은 그런 거 따지지 않고 살아 숨 쉬는 모든 생물에
     게 오염되니까. 인간? 동물? 다 똑같아. 결국 모두가 공평
     한 세상이 된 거야. 푸하하하하하하하… (점점 웃기 사라지
     더니) 배고파. 배고프다고. (혜인에게 가서) 혜인아, 나 배고파.

혜인   언니, 기다려. 사람들이 곧 식량을 구해올 거야.

승진   벌써 이틀이 지났어. 나가서 전염병에 걸려서 다 뒈져버
     렸을지 몰라. 아니면 저쪽 놈들한테 잡혔을지도… 잠깐!
     설마 우릴 버린 건 아니겠지? 맞아. 우린 짐만 된다고 생
     각하고 지들끼리 달아난 거야. 이런 제기랄!

미림   개소리 하지 마! 반드시 돌아온다고 했어. 우리 오빠, 나
     버리고 절대 도망 안 가.

     세희, 구석에서 술 마시고 있는 도형을 보고 성큼성큼 다가가 술
     병을 뺏는다.

도형   내 놔!

세희   (억지로 마시려고 하다가 술이 얼굴에 쏟아지고)

혜인 언니!

혜인이 다가가 말리려하고 도형은 세희를 밀치고 술병을 뺏어서
자리로 돌아간다.

혜인 언니, 정신 좀 차려 제발!

세희 배고프다고! 배고프단 말이야. (울기 시작하고) 엄마, 엄마 나
배고파! 엉엉.

승진 야, 네 미친 언니 좀 제발 어떻게 좀 해봐. 데리고 어디 멀
리 꺼져버리던지!

쇠문이 열리는 소리가 들린다.

미림 오빠다. 오빠가 왔어.

미림, 문 쪽으로 뛰어가고 방독면을 쓴 세 사람, 들어와 방독면을
벗는다. 물건을 가득 채운 배낭을 맨 진석과 시훈이 채경을 붙잡
고 있다. 미림이 달려가 시훈에게 안긴다. 바닥에 철퍼덕 던져지
는 채경. 진석은 빨간 스카프를 목에 두르고 있다.

미림 오빠!

시훈 미림아, 별 일 없었어?

미림 응. (채경을 보고) 그런데 이 여자는 누구야?

술을 마시던 도형이 채경을 보고 깜짝 놀라 달려온다.

도형   비켜! (채경의 얼굴을 확인하고) 채경아….
채경   (그제야 도형을 알아보고) 오빠….

도형이 채경이를 끌어안는다.

혜인   뭐야? 잃어버렸다는 여친?
세희   (배낭을 뺏어서 뒤지며) 배고파. 배고파!

가방을 다시 뺏는 진석.

진석   이리 줘!
세희   배고프다고. 밥! 밥! 밥 줘!
혜인   대장, 식량 못 구했어요?
진석   얼마 못 구했어. 이틀 동안 헤매다 겨우 찾은 거야. 아껴
        먹어야 돼. 그리고… (시훈에게) 시훈아.

진석, 시훈에게 눈짓하면 시훈이 도형을 밀치고 채경과 떼어놓
는다.

도형   왜 이래? 뭐야!
채경   도형 오빠!

진석 이 여잔 우릴 공격했어. 아마 저쪽 일행들인 거 같아.

채경 아니야. 난 그놈들한테서 도망치던 중이었어. 그놈들이 날 잡으러 온 줄 알고 그랬던 거야. 이거 놔!

진석 당분간 가둬둘 거야.

도형 대장! 채경인 내 여자 친구야. 당장 놔 줘!

진석 옛날에는 그랬겠지. 네 여자 친구가 저놈들 편이 됐을지 어떻게 알아?

승진 맞아. 우릴 습격해서 식량을 뺏어간 놈들이야. 믿을 수 없어.

도형 잠깐만! 좋아. 그럼… 우리 둘이 떠날게.

미림 뭐?

도형 여길 떠나겠다고.

시훈 미친놈. 나가면 바로 뒈질 텐데. 아마 10미터도 못 가서 쓰러질걸?

도형 방독면 두 개만 줘. 그럼 멀리 사라질게. 부탁이야.

미림 그러자. 자기 발로 나가겠다는데 뭐. 식량도 부족하잖아. 입도 줄고 좋지.

혜인 안 돼.

승진 왜?

혜인 풀어줬다간 그놈들을 데리고 와서 우릴 습격할지도 몰라.

도형 약속할게. 절대 그럴 일 없을 거야.

혜인 널 어떻게 믿어?

시훈 맞아. 믿으면 안 돼.

승진 나도 동의.

도형 좋아, 그럼 차라리 같이 가둬 줘. 부탁이야. 제발 함께 있게 해줘.

미림 지랄! 아주 눈물겨워 못 봐주겠네.

승진 사랑한다잖냐.

혜인 대장, 어쩔 거야? 결정해. 빨간 스카프를 가진 사람만이 결정할 수 있어. 그게 우리의 법칙이니까.

미림 그래, 대장. 결정해.

진석, 목에 두른 빨간 스카프를 풀어 손에 쥔 채 잠시 바라보다가 결심한 듯.

진석 둘 다 내보낸다.

나연 다시요.

진석 둘 다 내보낸다.

나연 넘어 갈게요.

진석, 시훈에게 고개 끄덕이자 시훈은 채경을 놓아준다. 도형이 풀려난 채경을 잡고 안는다.

채경 오빠.

도형 채경아, 걱정 마.

채경 살아 있어서 다행이야.

도형	이제 괜찮아.

도형, 채경과 키스한다. 입술이 닿는다. 그러자 시훈이 깜짝 놀라
도형을 밀친다.

시훈	야! 너 뭐야? 너 방금 진짜 했지?
세희	와우.
미림	대박.
혜인	저도 봤어요.
진석	니네 뭐야? 연습인데 왜 진짜 해?
시훈	채경아, 괜찮아?
채경	….
도형	왜요? 할 수도 있죠.
시훈	(도형의 멱살을 잡으며) 너 이 새끼 진짜….
나연	왜 이래!
진석	(멱살 떨어뜨리며) 야, 흥분하지 말고. 일단 놔.
도형	몰입해서 그랬어요.
시훈	뭐?
도형	연기에 몰입하다 보니까….
시훈	말이 돼? 사전에 채경이한테 말했어? 배우가 몰입한다고 자기 하고 싶은 대로 다 하면….
채경	제가 하라고 했어요.
시훈	어?

모두 채경을 보고.

채경　　　공연 얼마 안 남았으니까 진짜처럼 하자고 제가 먼저 말
　　　　　　했어요. 도형 오빠한테.

모두 침묵.

나연　　　잠깐 쉬었다 하죠.
진석　　　그래, 그러자.

모두 해산한다. 채경, 밖으로 나간다.

나연　　　도형이 나 좀 봐.
진석　　　그래, 도형아. 일루 와봐.
나연　　　둘이 얘기 좀 할게요. 선배님.
진석　　　응. 그래. 난 담배 한 대 피우고 올게.

멋쩍은 진석, 퇴장한다.

나연　　　앉아.

도형, 앉으면.

나연	둘이 사귀니?
도형	….
나연	뭐, 대답 안 해도 되는데… 만약 사귀면 티내지 마. 연습하는 중에는. 키스한 거 갖고 말하는 거 아니야. 연애는 연습 끝나면 해. 분위기 흐리지 말라고. 팀워크 좀 생각해줘.
도형	죄송해요. 누나.
나연	그래. 담배 한 대 피우고 와.

도형, 퇴장한다.

| 나연 | 아, 힘드네. |

혜인, 들어온다.

미림	선배님 저희 들어가도 되요?
나연	이, 들어와.

승진, 미림, 세희, 혜인, 시훈 들어온다.

시훈	나연아, 연출님 언제 오셔?
나연	좀 늦으신다고 했어요. 왜?
시훈	나 의상 가져온 거 봐주시기로 하셨는데….
나연	그냥 이대로 가.

시훈   그래? 어디 가?

나연   바람 쐬러.

나연, 시훈 퇴장한다.

세희   근데 연출님 너무 바쁘신 거 아냐? 얼굴을 통 볼 수가 없네.

승진   다른 작품이랑 두 탕 뛰시잖아.

미림   진짜?

승진   응. 제목 뭐더라? 〈사이보그 레볼루션〉인가? 아무튼 프로덕션에서 제작하는 상업극인데 같이 하시잖아.

세희   아, 그 작품 또 하셔?

혜인   나 그거 작년에 봤는데. 엄청 재밌어.

승진   그런데 우리 공연 열흘밖에 안 남았는데. 앵콜이면 우리한테 신경 좀 써 주시지.

시훈 들어온다.

미림   연출님도 먹고 살아야지. 가정도 있으신데 프로덕션에서 하던 작품이잖아. 극단 작품은 아무리 만석 채워도 손익분기점 넘길 수가 없으니까 그렇게 돈 버셔야지.

승진   엥? 만석 채워도?

미림   그럼, 70석짜리 다 채우면 얼마 벌 거 같니? 70명 중에 지인 할인, 연극인 할인이 절반이고 프로모션 초대 10명 정도 포함하면 잘해야 사, 오십이야. 만석 채워도 하루에 그거밖에 안 돼. 그런데 70석 소극장 대관료가 하루에 삼십만 원.

승진 헐.

세희 배우, 스텝들 페이 주고, 무대, 의상, 소품 제작비 나가고… 또 뭐야. 포스터 만들어서 홍보비? 무조건 마이너스지.

혜인 수익이 날 수 없는 구조야. 그래서 지원금 없이 극단들은 공연을 계속 이어갈 수가 없어.

승진 그래서 상업극 티켓 값이 비싼 거야. 6만 원, 7만 원씩 하잖아.

혜인 게다가 회전문 관객들이 열 번, 스무 번씩 보러가잖아.

미림 우와, 같은 작품을? 근데 회전문 관객이 뭐야?

승진 같은 작품 계속 본다고. 회전문처럼 돌고 돌고 계속 입장.

혜인 몰랐어?

혜인 한 번 볼 때마다 도장 찍고 열 번 보면 한 번은 공짜.

세희 배우들 보러 가는 거지. 대부분 남자배우들 팬이잖아.

미림 아, 그렇구나. 난 지방에서만 연극해서 그런 거 하나도 몰라.

승진 맞아, 나도 지난번에 어떤 공연 보러 갔었는데 200석 매진 꽉 찼는데 다 여자관객. 남자는 나랑 어떤 남자 둘이었어. 완전 깜놀 했잖아.

세희 공연 끝나면 퇴근길이라고 줄 쫙 서서 팬들 한 명씩 다 만

나주는 거 못 봤어?

나연, 들어온다.

혜인   공연문화가 점점 바뀌는 거 같아요. 어찌 보면 양극화 현상 같기도 하고. 결국 대학로도 자본구조에 의해 돌아가게 되는 거야. 잘 팔리는 배우들이 불려 다니는 거고.

승진   문제는 그 배우들이 회전문 관객들이 좋아하는 연기만 하는 거지. 아이돌들이 연기하듯이.

세희   아이돌 중에도 연기 잘하는 사람 많아요. 성급한 일반화의 오류네요.

시훈   그렇구나.

승진   아, 세희 아이돌 했었지?

세희   연습생 5년 했어. 데뷔는 못했지만.

승진   아무튼 팬 있는 배우는 한 번에 두 개, 세 개씩 동시에 연습이랑 공연이랑 병행하잖아. 빈익빈 부익부가 공연계에도 적용되는 거지.

세희   그만큼 잘 만들잖아. 외국에서 라이센스 사와서 스토리도 좋고 완성도도 뛰어나고. 관객들이 단순히 배우들만 좋아해서 여러 번 보는 거 아니에요.

혜인   회전문 관객들 카페에서 얘기하는 거 들어보면 공연을 많이 봐서 그런지 완전 전문가 수준으로 비평하던데.

세희   돈으로 검증된 라이센스 사오고, 잘나가는 연출, 스텝, 배우들 모아서 공연하는데 잘 만들어야지.

승진 맞아. 연극은 돈으로만 하는 게 아닌데. 가난한 연극이란 말도 있잖아.

미림 가난한 연극이 그 가난한 연극은….

혜인 난 그 인식도 문제라고 생각해. 왜 연극을 하면 가난하다고 생각해? 연극해서 돈 잘 버는 배우들 많아. 하루 공연하고 회당 50만 원씩 가져가는 배우 얼마나 많은데.

승진 그러니까 그게 팬 있는 배우들이나 연예인들이 연극하면서 그렇게 받는 거지.

세희 그럼 팬 생기게 열심히 연기해.

승진 넌 오빠한테 싸가지 없이.

미림 자, 그만 하시죠. 그렇다고 우리 연극 안할 거 아니잖아요? 환경 탓 할 시간에 더 연습하는 게 낫겠다.

승진 그래. 그냥 버티는 거지. 꾸준히 하다보면 좋은 날 있겠지. 세희 오빠한테 말조심하고 연수단원 화이팅!

세희, 혜인, 승진, 미림 탈의실로 들어간다.

시훈 쟤들 이번에 입봉 하는 애들 맞니?

나연 그러게.

채경 들어온다. 세희 탈의실에서 나온다.

세희　조연출님, 스토리 얘기가 나와서 말인데⋯ 저희 빨간 스
　　　카프 빼면 안돼요?

나연　왜?

미림, 혜인, 승진 탈의실에서 나온다.

세희　좀 유치하지 않아요? (미림, 혜인에게) 너넨 어때?

혜인　(눈치 보며) 그, 글쎄?

미림　전⋯ 잘 모르겠어요.

세희　뭐야? 아까 동의해놓고 이러기야?

나연　(시훈에게) 네 생각은 어때?

시훈　뭐, 좀 닭살이긴 하지.

진석과 도형, 들어온다.

나연　마침 왔네. 진석 오빠가 넣자고 한 거니까 같이 얘기해.

진석　응? 뭐가?

시훈　빨간 스카프요.

진석　그게 왜?

시훈　세희, 얘기해.

세희　아, 그게⋯ 꼭 빨간 스카프에 의미를 부여할 필요가 있나
　　　해서요. 대장이란 캐릭터가 좀 멋있어야 되는데 빨간 스
　　　카프를 하니까 좀 촌스러운 것 같고⋯.

시훈　그건 스카프 때문이 아니고 형 때문 아니야? 하하하.

모두 눈치 보며 소극적 웃음. 시훈, 시큰둥한 반응에 멋쩍어 하고.

진석　음, 내 생각을 말해 볼게. 난 빨간 스카프의 의미를 권력의 상징으로 본 거야. 대장이란 위치는 그 집단을 이끌고 책임지는 사람이잖아. 그런데 그런 권한을 한 사람에게 부여하는 것은 대장이란 위치가 어떤 강압이나 대물림이 아닌 모두의 합의에 의해 선정된 것이며 그런 민주적인 의미의 상징물이 필요하다는 거지. 뭐랄까? 음… 그래, 메타포! 너네 메타포 들어 봤지?

나연　오브제 말씀하시는 거 같은데.

진석　아, 오브제! 맞다. 오브제. 고마워. 나연아.

미림　(손을 든다)

나연　응. 미림이 왜?

미림　제 생각엔… 나중에 시훈 선배님이 빨간 스카프를 넘겨받고 새로운 리더가 되잖아요? 새로운 권력의 흐름을 빨간 스카프를 통해 확실히 보여주는 거라고 생각합니다.

세희　야, 이 배신자.

미림　응? 왜?

시훈　말이 나와서 하는 얘긴데, 제목이 왜 '청춘은 개뿔'이야?

나연　왜?

시훈　제목이랑 내용이 좀 안 맞지 않나? 청춘 얘기를 하려면 지

금 현재를 배경으로 하면 되지 군이 가상의 미래를 배경
으로 할 필요가 있냐 이 말이지.

세희 사실 저도 좀 그렇게 생각해요.

채경 지금 공연 열흘 남겨놓고 할 얘기는 아닌 것 같은데….

시훈 아니, 꼭 이번 공연 얘기가 아니라… 나중에 재공연 들어
갈 수도 있잖아. 다음에 바꾸더라도 어울리는 제목으로
바꾸는 게 중요하다고 생각하니까….

진석 난 제목 마음에 드는데? 그리고 내용도 매력 있다고 생
각해.

미림 맞아요. 전 이 작품 좋아요. 재밌어요.

시훈 재미가 문제가 아니라 우린 의미를 항상 생각해야지. 주
제의식을 간과하지 말고, 내 동기 입봉작이니까 더 잘 나
왔으면 하는 마음에서 하는 말이야. 솔직한 생각 말할 수
있는 거잖아. 우리 극단이 소통이 어려운 극단도 아니고.

나연 그럼 연습 초반에 리딩 할 때 말했어야지. 왜 열흘 남겨놓
고 이제 와서 이러는데?

나연의 심각한 표정. 모두 나연을 바라보며 침묵. 잠시 고민하다
입 여는 나연.

나연 내가 가까운 미래를 배경으로 설정한 이유는… 지금 우리
의 현실을 극단적으로 보여주기 위해서야. 그래, 알지. 지
금 우리 세대가 맞이한 현실도 힘들고 어렵다는 거. 하지

만 현실을 그대로 드러내면 극적인 사건을 가져오기보다는 푸념만 늘어놓을 것 같았어. 취업난, 경제난, 꿈에 대한 목표… 우리 청춘들이 하는 이 고민들 다 모르는 것도 아니고, 관객들이 이 이야기를 돈 내고 여기까지 와서 또 듣고 싶을까? 미래를 배경으로 한다고 해서 전혀 딴 세상 이야기가 아니라 그들의 삶과 생존을 위한 투쟁, 갈등은 계속 지속된다는 걸 보여주고 싶었어.

침묵.

시훈   그런 뜻이 있었구나. 몰랐어, 나연아.

진석   그래, 복만 형도 그 점을 좋게 봤으니까 이 작품으로 공연하자고 했겠지.

미림   저는 '청춘은 개뿔'이란 제목이 반어적이라서 좋았어요. 다들 청춘은 아름답다고 하는데 그 익숙함과 고정관념을 깨는 것 같고.

승진   동의합니다.

혜인   동의합니다.

도형   저도요.

시훈   나도 싫다는 말은 아니었어.

혜인 나연을 쳐다본다.

나연 혜인이 왜?

혜인 제가 우리 극단을 좋아하는 이유는 창작극을 한다는 점이에요. 우리 얘기를 한다는 거죠. 전 나연 언니가 작가로 그 이야기의 스타트를 끊었고 그 작품에 함께 참여하는 것만으로 의미가 있다고 생각해요. 좀 부족하고 못하면 어때요? 처음부터 잘 하는 사람 없잖아요. 계속 꾸준히 하다보면 점심 잘하게 되겠죠. 아니, 잘 못해도 상관없어요. 그게 목적은 아니니까.

시훈 음, 아주 좋은 발언이야. 그렇다면 우리 막내의 목적은 뭐지?

혜인 그냥 좋은 거죠. 연극하는 게. 배우로 무대에 서는 게 행복한 거죠.

세희 저도 행복합니다.

채경 저도요.

미림, 또 손든다.

나연 그냥 얘기해도 돼. 미림아.

미림 아, 네. 저는….

성찬, 들어온다. 컵라면 한 박스 들고.

성찬 안녕!

모두	안녕하세요.
성찬	응, 안녕. 뭐야? 또 심각한 상황에 내가 나타난 거야?
나연	아니에요.
진석	(박스 보고) 뭐에요. 형답지 않게 뭘 또 사왔대요?
성찬	아니 뭐 미안하기도 하고.
나연	걱정 마셔요. 제가 잘 전달했어요.
시훈	나연이가 대본 수정했어요. 선배님 대사 나눠먹기 했어요. 다들 좋아하던데요? 대사 늘었다고. 하하. 아니야?
성찬	그래, 다들 이야기 들었겠지만… 그래도 갑자기 훅 빠져서 미안하기도 하고 아무튼 잠깐 들렀어.
승진	선배님, 파이팅입니다.
세희	저희가 선배님 몫까지 잘 하겠습니다.
성찬	나연이한테 제일 미안하지 뭐.
나연	됐네요.
성찬	(도형을 보고) 권도형.
도형	네.
성찬	뭐 안 좋은 일 있었어? 표정이 어두운데?
도형	아니에요.
성찬	힘들지 뭐. 나중에 형이랑 소주 한 잔 하자.
도형	네.
성찬	연습들 해. 난 사라질게.
진석	벌써요? 복만 형 좀 있으면 올 텐데 보고 가시죠.
성찬	통화했어. 지방 촬영 있어서 바로 출발해야 돼.

승진	오, 지방 촬영.
시훈	그게 뭐야? 자기 방에서 촬영하는 건가?
세희	우리 시훈 선배님, 어뜩하지?
혜인	안아드리자.
채경	난 반대.
성찬	나 첫 공연 보러 올게. 다들 시파티 필참이다. 연극의 3요소가 뭐라고?
시훈	시파티, 엠티, 쫑파티!
승진	어? 제가 들은 거랑 다른데요?
혜인	오빤 뭔데?
승진	청테이프, 흑막, 타카!

모두 웃고.

성찬	아니, 연수단원이 벌써 그걸 알아버렸네. 얘들아, 하나만 기억해. 너희들은 시체들이야. 살아 숨 쉬는 그날까지. 극단 시체들 파이팅!
모두	파이팅!

성찬, 퇴장한다. 따라서 배웅하는 단원들. 나연, 미림만 남고.

나연	(미림에게) 참, 미림이 뭐 얘기하려다 끊겼네?
미림	아니에요. 별 얘기 아니에요.

나연   그래. 언제든지 할 말 있으면 해.

미림   네.

나연, 퇴장하고 미림, 관객을 향해 말한다.

미림   저는 지방에서 고등학교 때부터 연극을 했습니다. 학교
가 아닌 그 지역의 기성극단에서 단원들을 모집한다는 공
고를 보고 무작정 찾아갔습니다. 청소부터 포스터 붙이는
일까지 열심히 극단 생활을 했습니다. 어릴 때부터 배우
가 꿈이었기에 그런 기회가 왔다는 것이 정말 기쁘고 설
렜습니다. 그런데… 제 꿈은 악몽이 되고 말았습니다. 그
극단 대표는 지금 교도소에 있습니다. 몇 해 전, 세상을 떠
들썩하게 만들었던 그 사건으로 당시 함께 극단 생활을
했던 언니들과 함께 고소를 했고 그 대표는 실형을 선고
받았습니다. 그때의 충격으로 집에만 틀어박혀 시간을 보
냈습니다. 나는 이렇게 배우를 못하게 되는 건가? 포기해
야 하는 건가? 그러다 시체들의 단원모집 공고를 보고 지
원했습니다. 정말 마지막 도전이라고 생각했는데 합격!
연락받고 얼마나 울었는지 모릅니다. 저는 대학도 가지
않았거든요. 극단의 선배, 동기들 대부분 대학에서 연기를
전공했지만 전 고졸이라 사실 기대도 안했는데… 어쨌든,
제가 선배들이 다 있는 자리에서 손을 들고 하고 싶었던
이야기는… 그냥 이렇게 함께 하고 있는 게 좋다는 말을

하고 싶었습니다. 하고 싶은 것이 있다는 것, 그리고 그 일을 내가 하고 있다는 것… 제가 그토록 바라던 일을 하고 있어서 좋다는 말을 하고 싶었습니다. 암전.

암전.

5장

리허설 중이다. 관객은 공연 중인지 리허설 중인지 아직 알지 못한다. 세찬 바람소리가 들린다. 모래로 뒤덮인 사막 어디쯤이라고 생각하면 되겠다. 극중 마지막 엔딩장면이다. 큐빅이 가득하고 시훈이 큐빅을 모래언덕처럼 넘어 등장한다. 시훈은 목에 빨간 스카프를 매고 있다. 큐빅 맨 위에 서서 멀리 내려다보며 외친다.

시훈 (감격) 찾았다.

뒤를 이어 승진이 큐빅 산을 넘어 등장한다.

승진 드디어 도착했어. 우리가 드디어….

웅장한 음악이 들려오기 시작한다.

시훈 전 세계에 이름 모를 전염병이 창궐하고 그저 살기 위해 몇 년을 지하에서 숨어 지냈는데… 대장이 옳았어. 모두 다 끝났다고 생각했는데….

승진 저곳이 대장이 말하던 그 곳 맞죠? 엘도라도! 우리를 구원해 줄 희망의 도시!

시훈 그래.

승진, 뒤쪽을 향해 외친다.

승진 여기야! 빨리! 엘도라도를 찾았어!

미림, 도형, 채경, 혜인, 세희가 큐빅 섬을 넘어 등장하기 시작한다.

미림 여기였어.
도형 이제 살았어.
채경 그래.

모두 한참을 바라본다.

승진 (무언가 발견하고) 저, 저기! 누군가 우릴 보고 손을 흔들고 있어!

모두 손을 흔든다. 하지만 선뜻 다가가지 못한다.

혜인 여긴 안전하겠지?
세희 제발 그러길.
승진 자, 이제 어떡하지?
도형 대장이 결정해야지.

모두 시훈을 바라본다.

혜인   그래. 이제 네가 우리의 대장이니까.

미림   결정해. 오빠.

잠시 고민하던 시훈.

시훈   진석 대장이라면 어떻게 했을까?

승진   갔겠지. 손 흔드는 저 사람을 향해.

혜인   그래, 아무것도 하지 못하던 우리를 여기로 데려온 사람
          이니까.

미림   그랬겠지.

시훈   우리는 두려워했어. 부모, 형제, 친구… 사랑하는 많은 이
          들을 눈앞에서 잃었기 때문이야. 하지만 대장은 우리에게
          가르쳐주었어. 모든 게 사라지고 남은 것 하나 없었지만
          포기하고 좌절하기엔 아직 이르다는 걸. 그래, 어쩌면 지
          금이 새로운 인류의 새로운 시작일 지도 몰라. 가자. 다시
          시작하자. 우리를 위해 희생한 대장을 위해서라도 난 나
          아가겠어.

승진   나도.

미림   좋아.

도형   (채경에게) 가자.

혜인   언니.

세희   응.

모두 고개 끄덕이며 객석을 바라보며 암전.
박수소리와 함께 객석에서 나연이 외친다.

나연   (소리) 커튼콜 갑니다. 조명 주세요!

무대 밝아지면, 모두 커튼콜. 나연, 박수친다. 그제야 리허설이었
음을 관객도 알게 된다. 진석, 등장해 커튼콜 함께 한다. 나연, 무
대 위로 올라간다.

나연   오케이! 모두 모이세요. (오퍼실 향해) 지금 관객 입장 몇 분
            전이죠?

오퍼실에서 누군가 외친다. "5분 전입니다!"

나연   자! 관객 입장 5분전이에요. 시간이 없으니까 코멘트는 제
            가 따로 전달할게요! 5분 후에 파이팅 하겠습니다! 빨리
            준비하세요!
모두   네!

배우들, 분주하게 공연준비 시작하고 나연은 배우와 스텝들에게
리허설에서 체크한 부분을 각자 전달하느라 정신없다. 5분 동안
리얼하게 공연 준비하는 모습을 사실적으로 보여준다. 어느 순간,
객석에서 성찬이 등장한다.

성찬　준비 잘 하고 있나?

모두　안녕하세요.

나연　선배님! 오셨어요?

성찬　응, 안녕! 난 뭐 계속 인사만 하는 거 같아. 대표님은?

나연　아직요.

시훈　대표님만 계속 찾으시는 것 같네요.

성찬　아, 이 형 정말 연출이 자꾸 어딜 가는 거야? 얘들아, 나 신
　　　　경 쓰지 말고 준비해. 나 객석에 앉아 있을게.

　　　　성찬, 객석 빈 곳에 앉고 정신없는 5분의 시간을 다 보내고 나면,
　　　　나연의 핸드폰이 울린다.

나연　(전화 받고) 네, 대표님! 아, 진짜요? 안 돼요. 너무해요. 네,
　　　　알겠습니다. 시작 전엔 오시는 거 맞죠? 네네! 준비하겠습
　　　　니다. (전화 끊고 시간 확인하더니) 자, 다들 모여주세요. 파이
　　　　팅 하겠습니다!

　　　　의상 차려입고 분장 마친 배우들 무대로 모인다.

나연　다 모였나요?

모두　네.

나연　방금 대표님이랑 통화했는데 먼저 파이팅하고 관객 입장
　　　　하라고….

채경	이럴 줄 알았어.
시훈	첫 공연인데 너무 하신다 진짜!
진석	이번 공연하면서 복만 형 얼굴을 볼 수가 없네. 정말.
나연	거의 다 오셨대요. 다들 소품 체크 했죠?
미림	앗! 진석 선배님, 스카프요!
진석	아, 맞다. 스카프! (시훈에게) 네가 하고 있었잖아.
시훈	아까 바로 줬잖아요. 형한테.
진석	아, 맞다. 어디다 뒀지?
미림	짠! (품에서 스카프를 꺼내며) 화장실에 놓고 가셨던데요.
나연	(노려보고) 오빠.
진석	미안, 미안. 아 내 정신… 아까 화장실 갔다가….
나연	자, 시간 없어! 손 모으시고!

모두 손 모은다.

세희	(오퍼실 향해) 조명오퍼, 음향오퍼! 오세요!
나연	그래! 빨리 와!
혜인	진행 도우미도 오세요!

실제로 조명오퍼, 음향오퍼 등의 모든 스텝 단원들 무대로 올라가 합류한다.

나연	진석 오빠, 연출님 안 계시니까 한마디!

진석   에이, 조연출이 해야지.

나연   오빠가 해줘. 나 이런 거 못해.

진석   알았어. 첫 공연이니까 긴장하지 말고….

그때 객석에서 들리는 소리.

복만   뭐야? 뭐야? 나 빼고 파이팅 하는 거야?

승진   연출님이다!

도형   빨리, 빨리!

성찬   형!

실제 연출이 객석에서 등장해 무대로 올라간다.

나연   연출님! 한 말씀!

실제 연출이 한마디 한다. 그 한마디는 현장에서 라이브로 연출
에게 맡긴다. 모두 다 같이 파이팅 외친 후, 모두 퇴장한다. 실제
연출이 나연에게 말한다.

연출   나연이, 수고했다.

연출, 퇴장한다. 무대 위에 나연 혼자 남는다.

나연   우리는 극단 시체들입니다. 우리는 연극을 하고 있습니다. 여기 무대에서. 우리가 연극을 하고 있다는 것을 아는 사람은 많지 않습니다. 맞습니다. 어쩌면 죽어있는 것처럼 보일 수도 있습니다. 시체들처럼요. 하지만 우리는 살아있습니다. 숨을 쉬고 있습니다. 우리는 계속 호흡할 것입니다. 우리만의 호흡법을 익힐 때까지 그렇게 계속 나아갈 것입니다. 언제나 늘 그래왔듯이. 하우스 음악 주세요!

서서히 막.

한국 희곡 명작선 76

시체들의 호흡법

초판 1쇄 인쇄일   2021년 11월 25일
초판 1쇄 발행일   2021년 11월 30일

지 은 이   정범철
만 든 이   이정옥
만 든 곳   평민사
　　　　　 서울시 은평구 수색로 340 〈202호〉
　　　　　 전화 : 02) 375-8571 / 팩스 : 02) 375-8573
　　　　　 http://blog.naver.com/pyung1976
　　　　　 이메일   pyung1976@naver.com
등록번호   25100-2015-000102호
ISBN　　　978-89-7115-790-9 04800
　　　　　 978-89-7115-663-6 (set)
정　　 가   8,000원

· 잘못 만들어진 책은 바꾸어 드립니다.
· 이 책은 신저작권법에 의해 보호받는 저작물입니다.
  저자의 서면동의가 없이는 그 내용을 전체 또는 부분적으로 어떤 수단 · 방법으로나
  복제 및 전산 장치에 입력, 유포할 수 없습니다.

이 책은 사단법인 한국극작가협회가 한국문화예술위원회의 2021년 제4회 극작엑스포
지원금을 받아 출간하였습니다.